詩 想 起

子 青 著

文 史 哲 叢 叢

文史哲出版社印行

國家圖書館出版品預行編目資料

詩 想 起 / 子青著 -- 初版 -- 臺北市：文史哲,民 100.06 頁; 公分（文史哲叢叢；97） ISBN 978-957-549-969-3（平裝）

851.486   100010291

文 史 哲 叢 叢   97

詩　想　起

著　　者：子　　　　　　　　青
出 版 者：文　史　哲　出　版　社
　　　　　http://www.lapen.com.tw
　　　　　e-mail：lapen@ms74.hinet.net
登記證字號：行政院新聞局版臺業字五三三七號
發 行 人：彭　　　正　　　雄
發 行 所：文　史　哲　出　版　社
印 刷 者：文　史　哲　出　版　社
　　　　　臺北市羅斯福路一段七十二巷四號
　　　　　郵政劃撥帳號：一六一八〇一七五
　　　　　電話886-2-23511028・傳真886-2-23965656

定價新臺幣二八〇元

中華民國一百年（2011）六月初版

眾裡尋它千百度

—— 子青自序

　　《詩想起》整理完成的當口，我坐在南風呼呼的窗邊，聆聽窗外一群不知名的巧鳥分享彼此的心事，雖然無法確切地了解箇中意味，但在牠們那時而激情又時而溫柔的語言裡，不知不覺竟讓心情陶醉其中了！

　　距離上一次作品的出版已有三秋，這些年的人生過程、世界面相，抑或記錄命運的歷史都已然頓變。就像對鏡自照時，常常驚覺白髮豎然如旗招，意圖挑釁我不願承認改變的心情；輪廓更深的魚尾紋，毫不考慮你的感受兀自在鏡湖裡悠游。一切一切的變化，都是如此地自然，卻也令人無法自外於歲月的巨鏡之中。

　　總覺得寫詩的人，其最大的快樂莫過於在詩中可以看見歲月的成住壞空，在詩裡記錄了自己的喜怒哀樂，更在詩內透澈了人生的加減乘除。驀然回首，固然時不我與，但也收穫無限。在詩的國度裡沒有所謂的輸贏，也無須論說什麼成敗，詩不像儒家也不必逍遙如道家，有時候它像一名墨者櫛風沐雨，轉身一變更可能針砭似峻酷的法家，讓小人們也正視詩的急急如律令。

　　文學作品不能離開生活而自言自語，甚至必須專注集中地表現眾生百相，詩尤其如此。當每一次的創作靈感乍現，詩人會

以抒情、想像、概括、凝練，以及富有內外節奏和跳躍的形式，將生活的感受透過意象融貫於作品裡，我的賦詩經驗也是這樣的過程。因此，《詩想起》這一本集子它的源頭是社會生活的一切，加上自己的觀察與體會以文字符號將它表出。感激過去生活中豐富子青生命的人事物，因為有此深厚的本質，所以再回想起過往的一切，依然確信永恆的概念還是有它存在的意義。

　　感謝文史哲出版社發行人彭正雄先生的提攜慨允詩集的出版；也謝謝諸多詩人前輩多年來不吝在詩作上給予指教和鼓勵，子青一直銘感於心。最後，要向我的學生翔雯說聲謝謝，在他確定已甄選錄取大學之後立刻協助整理《詩想起》的細節工作，因為有他所以此書才能儘早問世。

　　寫詩就像在凝追那似近卻遠的地平線一般，要帶有幾分的傻勁和美麗的憧憬。能這般地堅持，方有不斷的作品在潮來潮去之中留下，留下來好為這一個世界以及自己做那不滅的印記！

子青序于台南府城

2011.5.4

詩　想　起

目　　次

難忘的日子

在歷史的數線上
您是那屹立不搖的點
那讓英雄氣壯而百姓崇仰的
絕對值

敵砲擊倒不了金門的挺拔
也撼動不了國軍堅毅的容顏
一如大二膽依然膽氣十足
古寧頭氣勢亙古
金門島就是這般地金湯固若
任誰也不能雷池越過
漫天的響鏑又奈我何

金門的將士個個英挺
讓主義的力量在東海中舉起
也讓台灣站在太平洋散發光芒
無畏的軍魂捍衛了子孫的幸福
海上的長城 —— 823
有誰比您綿延浩蕩
還有什麼記憶比您更加美麗

當我的心跳在數線上漫步
不知不覺地舞踊了起來
是您的氣概讓它激動
感恩的血液
已在心口沸騰
這一個難忘的日子

2008.7.26（載於《青年日報》）

雨中爵士

空濛的山色
還存有蘇學士的詩味
數不清的天淚
淌在車窗那慵懶的姿勢
像極了方才甦醒的藍調

前車迷失在飆速的雨霧
將它吞沒的不是風雨
是懸掛在盡頭的秋夢
那只屬於爵士專利的感覺
俗情難於了解的音符
隨著時快時弱時悠長
卻戛然而止的節奏
讓人車沉醉在漫漫的十號公路

但願雨就這般地下著
不願清醒的是駕駛盤裡的夢囈
交流道上暫歇的心緒
與山色空濛

2008.9.14 中秋

九月的意象

風怒吼著
九月颱已在耳畔
呼喚跌宕的心情

窗外是一片慘色
當日子越過了中站
還來不及記憶的昨天
秋的大腳卻已經踩在心上
讓美麗不再
空茫的世界
剩下踽踽的背影

最愛的心上人呀
不知風將你吹向了何方
還有幾許泛黃的心情
冷冷地飛
而我
決定放逐殘念
在暴雨將來之時

2008.9.21

謬

詭譎的秋雲
將天空鋪陳的荒誕
遲暮的鳳凰花
讓時序一股腦兒地跳針
那海上的哈格比頑皮地轉個彎
葉子將風收起

問你雨來還是不來
稀疏的窗淚
不可能掀起滔天巨浪
飄忽而過的風景
模糊了夢想
連自己是誰
都成了難解的迷

一枝筆可以寫下多少的青春
一顆心能夠承載幾許的感情
一雙老花的眼眸是否看盡了
那一朵朵笑燦的鳳凰
譏諷的密碼

雲換了一個姿勢
繼續享受它的輕盈
哈格比沒能把假期帶來
卻留下秋的扉頁
寫下一首心詩

　　　　2008.9.23

註：「哈格比」是今年第 14 號颱風。

秋　醒

秋像午后的雨
被雷炸開
飛進惆悵寫成的殘詩
無語的思緒輕輕抹過
心情飄零
冬已蜇上了甦醒的眼

　　　　2008.9.26

心　賦

冬天都已經爬上了臉
親愛的，你還在等待些什麼

春天的時候
你喜歡浪費自己
在山水之間
做一個舞雩而歸的儒者
卻容易身在百花叢中
忘記了時針學不會逆游

夏季浪蕩地上場
你也歡愉在綠的舞臺上
搖滾自己正飛揚無羈的夢
但見櫛風的墨者
立在樹蔭下孤寂的背影
盛開在海上的颶風
與頭頂上的巨陽共舞
是誰叫青春無形
理想寫成了悲歌

過了中秋
月亮就收起她的美麗
剩下微涼的風與貪婪的雲朵
企圖將耽溺在浪漫主義的你
從癡迷的眼角
推回現實的世界
快樂擎不住歲月的槓鈴
唯獨五柳採菊東籬
山鳥輕鬆啁歸

你還在等待些什麼，親愛的
不久雪就要趿上臉龐
淚水從此逃亡

2008.9.28

隱 喻

一張臉可以裝下幾個春夏秋冬
一雙眼可以看盡多少生老病死
一顆心可以湧現幾篇愛情故事
耽飲黃昏的蚱蜢
以待發的姿勢
趴在路上邂逅我的問號

當風暫停
只為那樹梢的笑靨
我知道依戀的滋味
仍舊被典藏在
我們一路上不經心逃去的歲月

許多的身影被季節吞噬
更多的記憶讓生命篩去
未完成的故事
就留給能讀懂結局的靈魂
在街口徘徊時
畫上句號

2008.10.1（載於《掌門詩學》53 期）

雨中九份

窗前山色婉約
有妳縹緲的身影
耽飲秋雨
雲霧纏綿
將天地鋪成午後的夢境

安靜的港口
還在等待歸來的風
粼粼的天光
引逗他的思緒
回眸憶起昔日的山景
已被人潮車流淹沒
浪不禁一擊胸膛

滄桑藏在芋圓裡輪迴
鉛華飄在湯鍋中升起
不該多想的詩人
誤齋手中的拙筆
以微顫的姿態
記下層層山嵐襲來時

揮不去的孤獨

風終究不來
任行雲帶走微雨中的妳
茫茫九份

2008.10.10（是日北上班遊，吾重遊九份有感）
（載於《葡萄園詩刊》181 期）

遇

從時光隧道中蹁躚而來
只為那等待許久的諾言
在今生與你相逢
熟悉的身影忽現
不再是絕版的美麗
守候留住了前世的思念
而我
註定是一輩子的情囚
無悔……

2008.11.1（載於《掌門詩學》54 期）

心　憶

時間暫時安靜了下來
撫摸我疲憊的心
此刻是 11 月的第 1 天
它那滾滾的江水
還是帶不走
被秋風吹皺的思緒

吵嚷的世界
已經厭煩了我的沈默
想藉冬吼喚醒夢裡的小孩
孩子的故事被歲月書寫
只是書名早已模糊
扉頁錯亂

叫生命開花的
不是日子的根催促
而是典藏在心洞裡
不願讓你隨意翻開的
記憶

也許明天或許永遠
江水也停歇了步伐
驀然想起
曾經深愛的那一首歌
在春天飛舞人間時
重譜新曲

2008.11.2（載於《秋水詩刊》140 期）

看學生上學有感

緬梔花叫醒了冬天
行走的人們不知雪寒
躲在書包的早點顫抖
只好藏於字裡行間吟哦

過了正午少了秋決的味道
螢幕上那高舉手銬的大人物
讓歷史詭譎的一笑
這是它從來沒有寫過的記錄

吃完了一天的知識
下課順手也將月亮一起收攏
迎著呼呼的北風
回家

2008.11.12（載於《掌門詩學》54 期）

迴 憶

雲在山色中微笑
蓮藏小橋下嬉戲
旅人蕉迎風招手
欖仁樹擁我入懷

幾許的冬雨飄飄
失去的心情在花叢裡
徘徊
青春的記憶不在
但見雄踞山頭的家祠
爺爺奶奶的慈祥鮮明依舊

調皮的孩子
瞬間蛻變成了中年男子
佇足故鄉的胸脯
企圖尋覓被季節帶走的夢
葉子終究撐不住太陽
熱烈的溫度
還是燎原

野風吹來
燃燒的思緒
愈飛愈遠……

2008.11.16（載於《葡萄園詩刊》181 期）

夜行人

走出火車站
四點零六分
板橋的夜
將我吞沒

轉角
便利商店
等待綠燈招手的車
發現沉默

何時
山上的星星
跑來都市過冬

寂寂的路光
在地上宣洩
犬吠著相識的影子

老太爺
斯文地舞拳

哪裡來的招數
有仙的感覺

草地上
活體雕像
將世界盤坐成
一個夢

呼　出神
吸　入化
平旦之氣
是美的詮釋

微微甦醒的樓
眼角裡還有幾許朦朧
冬已隨晨曦散步去了
剩下的故事讓心情徘徊

2008.12.2（載於《葡萄園詩刊》181 期）

詩

這一艘巨輪停泊在你的心海
情願被那陣陣的北風
深鎖在闃黑的世界
無悔

天上的月
反常地明亮
藉著多少的輪迴
才能洗練出這般的光華
叫佇足茫茫海上的我
耽飲這樣的美麗
而擱淺

看來黎明出現之前
沉沒將是海濤裡最後的消息
只想為你寫一首詩
一首沒有了詩形
卻有著我滿懷詩意的
心詩

2008.12.17

會

兩車交錯
暫別了這世間的想法
引我在廣漠的時空中
傾聽自己的聲音

再過一刻
美麗的冬陽就要蜇入大海
彷彿是夢裡的國境
泛著虛幻的真實
是摘不到的仙果
我耽溺於這樣的存在

有人傳說
詩人的腦子是魔術盒的假花
我不善變卻也一直地再變
是真是假的弔詭辯正
就留給有心人解剖吧

交錯兩車
再也清算不完的悲喜

還是讓它回到屬於它的終點
平行的鐵軌
殘留的餘溫
在轟隆的吶喊中
靜默⋯⋯

　　　2008.12.27

圓 夢

你是意志堅強的陀螺
為理想和目標不停地旋轉
那搖曳的舞姿蹁躚的步伐
讓所有的眼眸沉醉
偌大的溜冰場是勝利的輪盤
在喝采聲中圓夢
在高雄的天空下擁抱快樂
成功在望

2008.12.28

沙　畫

這轉瞬間的美麗
在十指的撥弄下
蛻變為一幅幅的意象
如一首首經典好詩
在眼眸裡展現它的情韻

瞧！那婀娜的女孩
凝望遠方
是期待是盼望
是三生石裡的有情天
教人癡迷在她的眼底

才撒回沙的原形
星辰點點已在山的那頭耀眼
誤以為失蹤的新月
這就粉墨登場立於嶺巔
微笑

該不會是上帝也來看畫
天使飛出了沙布

曳著時間的流蘇
恭迎聖駕
於堂皇世界

音樂漸歇
輪指的手也放慢了速度
在停與不停之間
抉擇美麗的歸途
而沙依然是沙

2009.1.5（載於《葡萄園詩刊》183 期）

不　眠

還有多少的心情在夜裡燃燒
時針分針秒針都糾結在一塊了
為什麼滴答的聲音依然如此清晰

從來不曾想過思想纏綿的厲害
闃黑的世界是這般令人難堪
被裡被外的溫度正角力的激烈
有誰可以告訴那已膨脹如球的腦袋
洩氣的密碼

喝下一杯冬釀的夜液
沁得渾身的細胞都肅然起敬
一排排的書影
在寒氣中振作精神
唯獨李白還依著酒氣尋月

什麼難行的蜀道
什麼窗前亮晃晃的月光
還不忘提醒人快快進酒
卻忘了告訴我睡覺的方法

以及放下紅塵的竅門

不知打哪兒來的名嘴
竟在子時的收音機裡放肆
才停止爆裂危險的腦殼
好像地震般地搖晃
又回到今夜故事的原點

我的心情終於學會了抗議
它要飛出寒夜的封鎖
以燃燒的火鳥
在將近十度的氣氛中
突圍

　　　2009.1.8

疑

拔掉了一根白髮
究竟能夠除去多少的煩惱呢
鏡子不知
我的心情也懵懂的很

這個冬天已經離開了大半
剩下的尾音還在撒野
期待中的風鈴花
不曉得換了一個生肖
姑娘們來還是不來

昨夜
孔雀魚憑添了一群寶貝
細細的個子
還嗅不出長大的滋味
或許是斑斕璀璨
也可能學會了擺尾展姿
更有機會還來不及看清世界
就已然沉沒江底
效法那個屈原先生了

唉！花會來嗎
嗯！蒼白悄悄地蜇上了心頭

2009.1.9（載於《海鷗詩刊》39 期）

冬之味

九度是今晨的名字
想像自己在哈爾濱
想像自己在北海道
這種冷冽的境界
是不可言喻的幸福

你說我像個大包裹
將熱情快遞了給你
嗯　我想也是
因為只有你懂得
我腦袋裡的味道
是第九味以外
的那一個滋味

偌大的校園見不著
花的蹤影
只有飄飄的殘葉
在風中打滾
想你是知道的
人生也是這般地浪蕩吧

不要問我
太陽何時加溫
請在我向你揮手的時候
遞上一個飛吻給我
我會了解
你的心中已有
我所愛的冬之味

2009.1.10 上午（載於《新詩大觀》）

我詩故我在

我邂逅了自己的詩句
總是在醒與不醒之間相遇
無風的時候　一片荒蕪
風來了　竟是滿地的情緒
卻掬不起一瓢的夢境

心跟著慌了
與這一個世界的連線
時續時斷
心盤上鍵不出任何一個字
只有心跳在游標上
忽隱忽現

回眸身後的那一朵花
還在瓶口上憨笑
我恍然大悟
詩已存在
我早已在心田裡
種下詩的玫瑰
讓風響起……

2009.1.10 下午（載於《新詩大觀》）

問

故事不都是這樣寫的嗎
接近情節的高潮
就已經註定逼近結束
剩下的只有悲喜的抉擇

如果今夜的冷氣團放肆
此刻哂笑的橘陽
就是當下的美麗
不敢說它已是新到年的高潮
至少掛在天布上款擺著
也是一種情吧

難免還會抱怨這冬天的脾氣
尤其是失眠的夜裡
令人難挨的思緒
但想春花不遠了
再狂野難羈的北風
終究會被楊柳撫平
那一切的苦澀也將化成了甘甜

只是是誰布了情節的局
又領悟算不算是一種難言的美

2009.1.10（載於《新詩大觀》）

書　聲

沙沙的書寫聲在耳邊響起
那是妳們專心作答的副產品
在書本裡妳們看見了自己的悲喜
在字裡行間尋覓自己的青春
我深深地了解
但也無言以對

此刻只有筆和題目的角力
在空白的答案紙上爭奪地盤
寫下的是妳們有些老成的心情
而烙印的卻是
我無法為妳們輕唱的夢

期待鐘聲又再響起
我想外頭的世界
一定還保有妳們想要的夢境
而我 ——
一名過了河的老師
會在彼岸揮手
為妳們祝福

2009.1.12

消失的秋影 —— 悼喬洪

海鳥還在千山的束縛與萬頃的波濤中
舞翅
而您
卻於深秋三疊以後突然消失在時空裡

入冬以來
此刻最令人沁寒
美麗的秋影不再
楓紅再也喧嘩不起世界的喜悅
徒讓葡萄藤架空懸
惆悵的眼神迷惘

您獨愛秋思
因為這是一個藏盡秘密的時節
芒花翻飛蘆葦出鋏
風雨幾番跋涉幾路
淒涼的狂草
在您的眼裡皆是詩人的性情

可是兄弟呀

秋的意象容易悲傷
正如您不告而別
來年葡萄再發時
教我如何不想您

秋已在風中逝去
您的背影徒留於夢裡思念
請帶走我對您的祝福
於茫茫的陰陽路

2009.1.17（載於《葡萄園詩刊》181 期）

新　年

牛年第一道的曙光
輕照在微冷的臉上
彷彿春天的花香在水中蕩漾
這樣的感覺
連樹上的小麻雀
也為相同的心情而歌唱

山稜依舊靜謐
響炮已在盆地四方擂起
尚在寤寐的人們
應該被年獸逃竄的腳步聲
驚醒
猶如窗前的紅紙因風而翻飛

溪水哼著自己的調子
四季譜著異色的音符
人生不過是三百六十五階的夢梯
多少的青春停留其中
又多少的記憶在鞋底失蹤
我的懷裡還存有多少的願望呢

冷冷的風吹拂熱烈上場的新年
故鄉的微笑讓我陶醉
欖仁樹的扉頁早已褪去
崢嶸的枝椏像極了元宵的火樹銀花
引我入夢
夢回年年令人懷念的曙光

2009.1.26

渡口的乞丐

銅鈴無情地搖晃
和著咖啡店的霓虹
那一張被風扭曲的臉
是打在崖前的瘋狗浪
迷離的眼神散成了
今晚曖昧的星光

癱在地上的軀殼
是夜裡讓霧水沁濕的泥
爬不像爬坐不也像坐
情侶雙雙對對
當他是一杯黑糖奶昔
吭也不吭地吞進嘴巴
在胃裡漂不成白色的愛

鐵盤裡空無一子
只有月的倒影淺笑
嗯嗯呀呀的怪聲
留不住過往的步伐
任憑潮來潮去的宿命

在渡船離去的笛聲中
將夢驚醒

2009.1.29（載於《葡萄園詩刊》182 期）

岸　念

稀疏的木麻黃擁抱不了海上來的大風
我以微溫的胸膛迎向逐漸冷卻的夕陽

海面茫茫年少浮現
雖然故事已被畫上了句號
歲月也停格了記憶
隨浪撲上心頭的
依然是當年的情景流連

想寫一封信告訴你
海風的味道甜美如昔
濤聲陣陣
爬梳的仍舊是我們曾經寫下的夢想
奈何青春不將它好好典藏
如今卻被白髮漫漫淹過

我知道郵筒早已塵封
信是寄不出去了
旅居天國的你
可曾夢迴這熟悉的岸邊

狂沙掩不住我們的笑靨
猛浪曾為我們喝采的
──老地方

2009.2.8

微型詩

之一

你終於靦覥了
月亮的笑在夜空中踟躕
是因那過於燁燁的星子嗎

之二

犬向月放空地吠著
月對人惆悵地看著
無言是今晚最美的呼告

之三

你還在這裡嗎
我的呼吸與遠處的那座山
同在

之四

呆呆的人
加溫的心
情緒突然沸騰

之五

你的姓是生動
我的名叫做感動
愛從來就是一場悸動

之六

失眠是一種美
讓記憶暫時躲藏
卻將往事全盤上演

之七

鳥鳴暫歇
風停止了腳步
天籟在葉裡顫抖

之八

被詩寫成了夢
叫青春不在的
是那逐日撕去的心情

2009.2.17（載於《中國微型詩萃》第二卷）

春天三闋

之一 真

轉身
夕照輕拍微沉的肩
投我以黃昏的溫柔
那燦爛的霞光
曾經是古人見識過的精彩
此刻
在眼眸的深處流連
心情陶醉忘返

之二 善

多情的恆春
以陽光喚醒疲憊的眼神
南灣的波濤聲聲呼喚
我知道這特別的隱喻
激起了心弦的節奏
南疆的風
吹起鵝鑾鼻挺拔的身影
海潑墨成一片悠悠的雲

之三　美

空蕩的幽徑

哼著小調

讓春天甦醒

東風也伸起了懶腰

風鈴花被晨曦的笑語激響

去年殘留的遺憾

在飄零的花信中解放

快樂的記憶慢慢典藏

2009.2.28（載於《掌門詩學》55 期）

魚尾紋

只在歲月鑿池的臉上游著
繁殖力和季節變化逐漸形成正比
一旦修成正果
就是永恆的仙記了
宣告年輕從此不再
生命的驚嘆號
慢慢變成了顛倒的問號
終於還是上鉤
那註定要在鏡中決戰的時刻

2009.3.3

無 題

就像夢一場
突然在春天裡驚醒
窗外的風鈴花已經飄落
等待的感覺依然清晰

英雄樹高舉著東風
慶祝美麗的到來
千萬不可倒映在陽光下
午時的殞落容易傷感

杜鵑耽飲黃昏的顏色
逐漸老去的它
是否想過冬天被逐的心情
無言的背影

2009.3.5

無

浴雨的木棉花
蕩漾在我的心頭
路上空濛
盡將熙攘的人車淹沒
三月的意象太過於淒美

一把傘可以撐住多少的心情
前面走來的女孩
為何回頭一再地回頭
是洞悉了我的徘徊
還是明白了等待
是人生無意義的詮釋

四周的雨滴
將我包圍我要突圍
任它風來又風去
大雨來還是不來

2009.3.6

讀　心

歲月讀著魚尾紋
擂響今年第一道的春雷
叫木棉花驚落腳邊
讓過客停駐湖畔

雨任性地飄著
已經無法細數的心情
在風中包圍著記憶
這一面鏡湖倒映了太多的往事
卻盪漾不出未來的容貌
總是令人悸想

假如時針可以逆轉
我願站在軸心呼喚青春
切莫於輪迴之中消失
今夕流連如此
明朝更那堪魚兒頑皮地戲游

2009.3.8（載於《葡萄園詩刊》182 期）

詮　釋

親愛的
總有一天我們會逐漸老去
只有電影中的班傑明愈來愈年輕
結局其實沒有什麼不同

莫驚慌
我會緊緊牽著你的手
在老去和年輕的分水嶺上
一起望著天空
射雲

就當我們是忘了時間的鳥吧
穿雲之後
也許會有我們的夢領航
讓世界無法定義
真正的生命

2009.3.9（載於《中華日報》副刊）

夢 騎

傻就傻在連馬都生氣的旅程
你終於來到了這一次計畫的重點
—— 奧運所在地
這已是閉幕七個月以後的事了

人有理想是挺美的
但過程如履薄冰
這你已經體會深刻
從風雪的故鄉
越過黑龍江的浪頭
再翻過邐邐的萬里長城
運動場留給你的
只有迴音空蕩和禿鷹盤旋

傻就傻在夢想太過於縹緲
馬馱著你的夢步履闌珊
而你的心如今旗絕無退縮
迎接你的看來也只有北京的風了
也許臉上還漾出一抹儒家的笑

第三匹馬終於可以仰天長嘯
呼喚在天上的烈馬兩匹
但牠似乎忘了夢的厲害
甚至也遺失了馬的宿命
而這胸口別著夢想的男子
—— 李荊
又踏上向南的路程

　　　　2009.3.12

註：從網路上得知，已歸化俄羅斯的中國男子李荊，從莫斯科騎馬
　　出發欲到北京參加奧運，歷經長途跋涉與嚴寒天氣，終於在七
　　個月後到達。之後又繼續南下完成自己的夢想。

魚尾紋的心情

是那一池春水突然結凍
被歲月擊裂的幾道溝渠
在眼角邊泛著波光粼粼
年輕的記憶被禁錮其中
連魚也退避了三舍
只剩尾巴不慎留下的痕跡
看來唯有鏡子還承載得住
那皺紋的戲弄
問你還有多少的心情可以演義
時間無語……
天色漸暗……
人已縹緲……

2009.3.22（載於《中華日報》副刊）

傷　逝

黃昏就要退場
季節風在耳際唱起了夜歌
浮雲冷冷地瞧著天空
回家的心情
是春天最後一朵飄零的花

轉角的凸面鏡還在凝視
九十度吸引著方向盤的感覺
一天就這樣被時間分解
終於領悟了生命被凌遲的哀嚎
茫茫的丁字路
剩下人影篩落

該是轉彎的時候了
筆直的大道上
是否還有我的快樂存在
我無奈地想像
卻又習慣地將它收藏
就像夜把黃昏擁入懷裡
這不曾停歇的戲碼

最後的一朵花
終究還是獻給了生活的公式
在不變的方程式中
整除了自己
也將快樂凋謝在無語的
黑夜

2009.4.12（載於《秋水詩刊》142 期）

愛河速描

愛河的船將心劃過
盪漾的水紋讓思緒推得更遠
三點四十二分的高雄
我的夢在雲間悠悠

風突然變得好淡
嗅不出雨來的滋味
無關季節的記憶
這個城市只是輕輕地笑著
我微微感動的筆
將它擁入懷裡

遠方壽山的身影
海水的聲音
迎面相遇
彷彿巨輪就要出航
帶著夢想奔向世界

在這美麗的午后
愛河是我唯一可讀的心情

2009.4.12

往事細數

公園的老夫婦
耳靠著耳說些什麼呢
是新婚時的故事
是產房裡的喜悅
是孩子的上學日
是中年的勞碌命
是時代的大變化
是老朋友的凋零
是被冷落的滄桑
還是……
兩眼相對的茫茫

2009.4.13（載於《中華日報》副刊）

四月的意象

輕撫四月的棉絮
被風吹散
猶如那一場來不及收藏的夢
曾經是藍空中的愛情
自從春天讓你帶走
這裡就不曾有過相同的故事
不知情的白頭翁
偷襲了我的心情
啣走屬於你的最後記憶
讓詩句停在黃昏的憨笑裡
我微微淒美的思緒中

2009.4.14

省

最近常常忘了自己
春天離開
夏就爬上了枝頭
當秋的跫音響起
會不會連影子
都將尋覓無蹤

外頭的空氣越來越清晰
隱藏在肉體的那一顆心
卻漸漸模糊了起來
叫手腳慌了姿勢
讓五官也錯放了位置

好想寫封信
告訴你
今晚跳脫的心情
不知道遠去的你
懂還是不懂
這樣的感覺
在月悄悄推移了時針時
繼續流浪

2009.5.5

解

才轉彎
就被阿勃勒撞到了中年的腰
孟夏初醒
藍天白雲寫在心上
那是安慰的一種方式

風再也無法保持沉默
逆著髮梢
順著背脊
讓逐漸的高溫怯步
有鳥叫醒了時間
心情就要脫韁

在蟬聲中寫作
文字都唱著自己的歌
如海濤迎面撲來
來不及閃躲
只好嘗試去擁抱住它

闖進眼眸的夏天

讓蒼白的記憶開始有了顏色
鳳凰花的煽情
阿勃勒的激情
將世界燃燒
沒有心痛的感覺

陽光突然變得安靜
風的行蹤又成了迷
孤獨的人
在心情蒸發中
消失

2009.5.12（載於《掌門詩學》56 期）

與心情對話

夏雨蹣跚的夜晚
烏雲正銜枚疾走
這一個世界
被攢聚在簽唱會的嘶吼中
但見，百貨公司的霓虹領悟地笑著

我的眼神逡巡在追星族的身影
你說他們的忘我是為了尋找自我
一時語塞
好短的迷你裙成了暫時的庇護所
轟隆隆的響音
是喇叭的吶喊還是驚雷
此刻，都成了哲學上的弔詭

你似乎想從我的胸膛裡奪門而出
真的，我無意將你鎖在這黑暗的牢籠
因為這一場善變的六月雨
來時無蹤，去又難定
親愛的夥伴請原諒我的自私
剝奪你最後的發言權

逕自延長了你的刑期

小傘下無影的靈魂三個
拚命地將紅豆牛奶冰咀嚼
他們挖到了什麼真理
你酣笑無語我按捺我的疑惑
任偷襲的雨在微溫的椅墊上昇華
你企圖將今晚的故事典藏
而我，趕緊在門上加鎖

雨穿越了聚光燈的監視
來到我倆微顫的臉龐
濕冷的你靜靜地睡去
留下我的問號
塞滿空空的口袋

2009.6.13（載於《文學人》革新版第六期）

寫一首詩吧

寫一首詩吧
眼眸與羞赧的稿紙
相對低語

寫什麼好呢
寫夏天容易傷人的溫度
還是蠢蠢欲動的秋景
那讓心情無法逃亡的顏色

春真的走遠了
不敢想像會飄冬雪的南國
驚慌失措的模樣

呼呼的冷氣
在耳際嘀咕些什麼
手上的筆無法繼續
窗外迷離

2009.6.18（載於《掌門詩學》56 期）

六月颱

蓮花開了
在巴士海峽的臉龐上
六月的脾氣將它激醒
不知道週末的太陽
來還是不來

如果只有風和雨的共舞
那就太單調了
這已經寂寞的世界
初開的菡萏
教人憧憬
又讓人平靜的心情忐忑

想問一問鵝鑾鼻的燈塔
是否看見了那一朵
別名叫做芙蕖的花
在夏天裡璀璨
如果見著了
莫忘揮一揮手代我向它問候

倘若只是雲的影子飄過
噢！親愛的六月
不要隱藏你的溫柔
勇敢地將它擁入懷裡
唱著平安又美麗的調子

2009.6.20

註：「蓮花」是今年第一個可能襲臺的颱風，從菲律賓經巴士海峽
　　直上臺灣海峽。

颱風夜

窗外狂風號叫
讓心情失眠
海上的蓮花越開越燦爛
是否
明天的世界依然美麗

每一次這樣的夜晚
總會打開童年的記憶
蠟燭的微光
是兒時的羅曼蒂克
瓦屋外的風雨
是心中跳躍的音符
被子裡的想像
是自己擘畫的理想國

如今
風雨還在
而童年的呼喚
只剩微弱的記憶
曾經走過的時間

都已消失在邈邈的空間
這樣的夜

　　　2009.6.21
註：「蓮花」是今年第一個影響臺灣的颱風。

澈

就像天花板上的風扇
轉呀轉地
在自己控管的範圍內
企圖四面八方地
搜尋那個答案

生命總不在一個圓圈裡
被理解
任外頭的風
從窗扉奔向屋室

是自己旋轉了自己
軸心在原點依舊
緊握想飛的心情
平靜在動中之動中蕩漾
失去結局的離心力

2009.6.22

錯　置

沒有比玫瑰消失了蹤影
更令人惆悵
沒有比黃昏放棄了彩霞
更讓人難過
再也沒有比變調的愛情
更叫人心痛

愛人呀
何時妳才能懂得賞花者的心情
如何妳才知道夕陽餘暉的美麗
又怎樣才可教妳了解愛的真諦

當妳習慣以背影叫醒我的世界
我明白
這一切的景色
不過是玩偶出場時
所需的偽裝
有真實的妳
還有在妳之中
那已移除的我
殘留的夢痕

2009.6.28

情　書

漂泊的雲，是你
靜謐的山，是我
谷底吹來的風
讓我倆相偎在一起
你少有的笑語
是孤枝上的鳥鳴
我願是那風中的殘葉
陪伴厭倦流浪的你

2009.7.1（載於《掌門詩學》58 期）

情 婦

凝視著手機
只見微暗的燈光
在她的臉上苦笑
孤獨在美麗的身軀裡
催化著縹緲的心情

還是換個角度
偷偷地將他的聲音收藏
休息站的人潮
淹沒了背影
寂寞爬上了她的長髮

淡淡地微笑
在鏡中讓嫵媚釋放
梳子帶走了輕愁
只剩等待留於錶內兜圈
款擺一下姿態

他的身影出現
漾開的臉如春風醒漪

柔臂勾挽
再也不讓思念繼續
流浪

2009.7.4

清　境

蜿蜒的山路
是通往仙界的旗招
褪去了都市的繁華
心情只有谷中飛騰的雲
以及懂得境界的愛人

這裡沒有人會詢問
股市的紅綠
也沒有人會質疑
綿羊的溫馴可愛
更沒有人會想起
被文明追逐的悲哀

啜飲一杯咖啡
貪一口水蜜桃
藍藍的山是知道的
它知道這裡
那不能說出的祕密
在眼中在心底在
每一棵頂天的杉木

還有那鋪陳在坡上的
青青草原

揭開夜幕的晨曦
以輕柔的手勢
將美麗的天空
漾在微涼的感覺裡
倒映於山巔
水溶溶的世界裡
有風輕盈地歌唱

顛簸的煞車聲
引我回家
跌宕的思緒
來到了人間
方知那是一場移除不了的夢
鍵盤上跳躍的
依然是山中的傳奇
今夜窗外的星月燁燁
就讓遺失的心情
夢迴清境

2009.7.6

家　書

燈下往事細數
年少已被相片停格
中年又讓勞碌的細胞吞噬
而老年
擎著大纛在窗前叫囂
只有親人呀
是心中那不變的溫暖

2009.7.9（載於《掌門詩學》58 期）

柳子厚遊府城

宗元兄在長榮路上伸著懶腰
沒有貶謫的清晨
天空吹著藍藍的風
永州的故事是山的記憶
在這裡有的只是海島的滋味
雖然這兒不是故鄉
皇帝老爺叫您去的也不是
然而每一棵行道樹卻都是您熟悉的西山
連雲濤都為您的解脫而翻騰
司馬爺呀
這地方雖小
在唐帝國的版圖裡可能連一撇也沒有
但是此方的人閱讀您的心情
可不曾間斷
七月微微的風可以作證

跫過了東豐路
您毋須為飄零的阿勃勒感傷
這是它最美麗的時刻
正如您在西山看到的世界

是真是假似幻似實的場景
這需要帶一點傻勁才能攀援而得
當您確定了心中的答案
日正當中的車道熱情的柏油路
也想分享您的心情
只是此刻不宜太儒家的說道
溫柔的老莊適合這樣的天氣
這樣的氛圍
快樂容易將希望的夢撐起

跨過公園路的腰際
民族路上的赤崁大爺
正以蒼邁卻有著勁道的雙臂歡迎著您
黃昏靦腆地笑著
兩個大男人的相擁
哪是西山的悠悠洋洋可以寫盡
對街的武聖暫將春秋掩卷
聽一聽永州來的友朋
訴說那一個朝代新鮮的故事

您說著說著淚就不聽使喚
夕陽西沉讓您又想起了長安的距離
太陽遠呢還是長安更遠
這困擾您的問題
運河只是靜默地回應您的心情
您又忘了忘記自己的好處

聖旨還在您的心裡作祟
您瞧
下弦月在薄紗裡笑著
黑夜中睡去的世界
不就是您一輩子追求的理想嗎

2009.7.27（載於《紫丁香詩刊》第一期）

雨是我的心情

被午後雷雨驚醒的卅年
向我傾訴些什麼呢

開元路的眼角閃爍著十七歲的模樣
青春是這一條長長的路
騎著二手的腳踏車
不管風已藏在書包裡叫囂
行道樹的景色又如何地善變
笑靨總開得像一朵花
是那樣無理的美麗

二十七歲在黑板上寫著教書匠的傳記
黑板愈寫愈蒼白
被蒸發的心情是日光燈下的丑角
笑聲讓靈魂暫時獲得了昇華
卻讓自己貪飲了孟婆湯
忘了我忘了你也忘了他

三十七歲行囊裡多了兩個人
一個叫妻子一個稱兒子

孤單的世界不再寂寞
常常燈下看著自己影子
又忘了坐在那裡的人是誰
散文愈寫愈短而詩也發愁

四十七歲就要和我合體
還有一點想像在心裡
年輕的感覺夢中重現
眼眸清醒時的反差
直叫人想不起自己是誰誰又是自己

生命是叫人無法閃躲又突變的天氣
台南的雨是此刻的心情

2009.7.31（載於《紫丁香詩刊》第一期）

窗　語

窗外風雨拍窗　　聲聲驚人
心內思念扣心　　陣陣醒情
「莫拉克」的呼吼
將八月世界的熱情澆熄
而你　是否
也在窗外的心內想起了我

多少個日子在眼眸中逝去
這種感覺你是懂的
我們任由時間推移著自己
卻在有限的四方裡尋找意義
一如傾斜的身影
孰是東主又孰是客賓
這樣常常讓生命忘記了真相

風更強烈地擊窗
心箍緊了麻木的感覺
只為了證明某種事實的存在
我知道
愛情是不可數的幻覺

偏偏清楚地寫在心窗之上
巨大的風將它阻絕在窗內
好不容易突圍的一些情緒
又讓雨將它澆淋

明天醒來
是否夏天的狂熱又將世間沸騰
我不確知地等待
正如你無法入窗的臉孔
猙獰卻又是那麼地美麗

2009.8.7 晨筆（載於《掌門詩學》57 期）

註：「莫拉克」台灣八月的超級颱風。

失　夢

風雨走進了我的夢中
激動的窗櫺不斷地吶喊
企圖喚醒已然癱瘓的身軀
奈何夢門已閉
只好任風搶雨劫地奪去
境中殘餘的美麗

驚醒的眼眸尋不著白晝的方向
灰灰的黑淹沒了藍藍的白
光影幢幢如燭火款擺
八月的氣息僅剩些許殘喘
發狂的「莫拉克」就要吞噬台灣

空氣都不安了起來
因為拍打在門戶上的聲音
已經愈來愈清晰
夜的形影漸漸出現
不敢想像的下一刻
都留在萎縮的夢裡
收藏吧

2009.8.7 午思（載於《掌門詩學》57 期）

領　悟

不眠的心情
在床上聽風聽雨
聽見「莫拉克」的猖獗
也聽到了自己孤獨的心跳

這樣的夜何時可以結束
苦悶的滋味比寫詩還難的颱風夜
叫人無法忘記自己
放下是高尚的智慧
此刻不適合如此地雅俗分明
窗子激情依舊
而我
不能安置澎湃的心情

想像一種快樂
是沒有顏色的那一種
這樣夜就攫不走我的心情
風雨就任它行素
無關得與失的選擇了

2009.8.7 夜悟（載於《掌門詩學》57 期）

雨　感

在雨中想起了你
這是長久以來的習慣
聽雨似乎可以聽見自己的心情
起承轉合的節奏
是那麼鏗鏘地在心頭蕩漾

你現在好嗎
我正專注地在雨聲中回憶著你
是否雨裡還有你惦念的人影
過去的日子不再
但你的笑容你的娉婷
還常駐我的心頭

雨漸漸地停了
而想你的思緒正澎湃著
洶湧的記憶淹沒了自己
這是一種救贖嗎
讓消失的存在
如同你的好
重回

2009.8.9

消失的村落

橋又斷了
童年的故鄉被封鎖在險山惡水中
土石流淹沒了美麗的記憶
滾滾江聲成了鄉親的哀號

曾經是好山好水的世界
如今都成了報導中的災難現場
小時候在這裡歌唱
連山也會跟著手舞足蹈
嬉戲的童年
河喜歡跟著笑聲婀娜
一場颱風模糊了它的秀臉
成了螢幕上陌生的畫面

小林的朋友們
正與猙獰的山水纏鬥
甲仙的鄉親們
奮力抵擋發了狂的黃泥
這場沒有勝利的戰爭
只為保住那岌岌可危的家園

和那慘遭滅頂的美麗

黑暗中仍有希望的光明
恰如直昇機舞動的力量
讓生命在他鄉重逢
我深深地祈禱

　　　　2009.8.13（載於《葡萄園詩刊》184 期）

註：作者畢業於甲仙國小，幾遭滅村的小林，曾是童年美麗的記憶。

慟

就剩下屋頂了
在黃泥下的亡魂不知安息了否
天地無情
土石流太猖狂
走調的山水
教人如何不心疼

頭七的旗招翻飛
哭斷的肝腸有誰能解
八月八日的雨叫世界陰陽分明
不平的眼淚淹沒了心情
爹娘姊妹與兄弟
心愛的孩子和友朋
永別了

直昇機來來回回
救難隊尋尋覓覓
旗山溪浩浩蕩蕩
我的心哀慟如火

鄉親呀
您要挺住自己的腰桿
臺灣的同胞支持著您們
永遠守護我們的家園
哪怕只剩最後的一片屋頂

2009.8.15（載於《葡萄園詩刊》184 期）

註：甲仙被毀，鄉親罹難，教人心慟不已。

向英雄致敬

向直昇機英雄致敬
雖然風雨如晦
大地一片死寂
您們為了同胞的生存
同險山惡水競爭時間
雖然峭壁攫走了您們的身軀
卻將張順發王宗立黃鎂智不朽的大名
永留人間

向佳暮英雄致敬
莫拉克將您們從四面八方召回
垂吊闢坪救人一百三十五
從無名小卒變成了保族的大英雄
您們的勇敢您們的無懼
讓颱風汗顏讓土石流震懾
了得柯信雄賴孟傳徐仁輝徐仁明

向義消英雄致敬
河水滔滔將氣船吞沒
漂流的您惦記是自己的任務

為了同胞請假救災
生涯中也救人無數
義氣的內涵讓您完全實踐
關老爺手中的那本春秋裡
應該有您張瑞賢的姓和名

向國軍英雄致敬
無論特戰步兵輕航陸戰隊
無畏走山堰塞湖
不怕泥濘斷橋險
心中只有同胞的苦難要紓解
哪怕強風刮上了臉
還是箭雨刺傷了眼
挺進挺進再挺進
這是黃埔大精神
這是男兒好擔當

向媒體記者致敬
您犧牲了外表的光鮮
踏過土石的泥濘
跌了咬緊牙關再爬起來
翻山越嶺當我們的眼
傳遞真實的苦景告訴全世界
沒有人喊累沒有人退縮
麥克風的泥痕攝影機的堅定
都成了我們心中最美的感動

英雄不死只是風災無情
謝謝您們第一線的英雄

2009.8.15（載於《青年日報》副刊）

慟災十四行

眼眶已圍不住淚水
淹沒了美麗的心情
滅頂了太平的感覺
猖獗的中颱莫拉克
狂傲的八八大水災
帶走甲仙的好地景
泥埋小林鄉親好友
頭七旗幡無心振飛
清香裊裊無語問天
陰陽分明微風悲悲
不聞爺娘喚兒聲歸
卻見搶天哭地離愁
祈禱奇蹟重現人間
生者平之亡者安之

2009.8.15（載於《葡萄園詩刊》184 期）

無助的眼神

就剩下孤伶伶的屋頂了
泥水圍城風雨叫囂
夜愈來愈詭譎
心越來越膽戰
看不見前方的去路
叫我們如何期待明天

爸媽兄弟姊妹還有親愛的孩子
為何我看不到你們的身影
為何我找不到回家的道路
你們在哪裡呀
我只想聽聽你們微弱的聲音
一句輕輕的呼喚

毀了容貌的故鄉
走了味道的山色
變了調子的水聲
讓我的思念強烈地打通了崩塌的歸途
無論多長無論多遠
無論多久的盼望

2009.8.16（載於《葡萄園詩刊》184 期）

註：童年美麗的故鄉 —— 甲仙，毀於莫拉克颱風所造成的八八水
　　災。心慟之際，也深深為鄉親們祈禱。

記憶安平

月亮又流浪去了
翻遍安平小鎮的夜空
只有淡淡的風在胸口蕩漾
望月橋上的人影踽踽
秋意點醒迷夢中的燈情

運河茫茫
被歷史寫成了滄桑的印記
那過往的眼神留下的
是孤伶伶的驚嘆號
在這樣的夜色裡徘徊

漁船踏著秋暮歸航
依偎在溫柔的港埠
台江內海卻是如此地澎湃
將國姓爺未竟的夢想激醒
史冊裡已然斑剝的故事
就讓那不想老去的時間惆悵

世界依戀著朦朧

而天雲突然散場
娉婷的秋月綻開了笑靨
明天又將是什麼樣的安平呢
縹緲的風
帶著悠悠的心情
離去

2009.10.3（載於《秋水詩刊》145 期）

霧　秋

高速公路空濛一片
不知不覺地
走進了王維的詩裡
與詩佛叨飲一杯
世界頓時變得好遠

遠方是何處
是仙境是人間
還是未知的時間
被霧紗鎖住的謎底
在窗前隱隱約約

為何只有我的心跳呼應秋天
不能明白前方的茫茫
著急的方向盤欲尋縹緲的未來
而路依然挑逗著敏感的知覺
霧卻這樣封鎖了秋晨
也緊緊地包圍了心情

2009.10.4

風之語

芭瑪颱風結實在海上
只因貪賞秋景滯留南方
讓巴士海峽風雲再起

南臺灣的心情變得嚴肅
莫拉克的夢魘還在夜裡狂囂
將來的模樣令人惆悵

也罷
我們無法改變命運
總可以感受現在
甚至隨風起舞吧

2009.10.5

愛的分解動作

如果可以將我們的愛情歸零
這一個世界是不是可以更輕鬆一些

倆個人的空間突然變得有些擁擠
一個人的時間又顯得太過於寂寥
無論如何　親愛的你
我依然願意在愛情原點上
重新向你微笑
把你的側影放在心裡
那是最美麗的記憶
也是被典藏的印記了

在我轉身的時候
親愛的你　不要流淚
這是追求愛情必須學習的一種痛苦
也許你現在不懂
其實真的無妨我們的愛情回到從前
讓它歸零
我們才會發現遊走兩軸的自己
心情上的差異在尋找彼此的交點

天長地久有時盡
此愛綿綿無絕期
你又何必懼怕遺失了愛情呢
就讓它歸零吧
歸零後的飄零
將讓我們學會雲的飛翔

2009.10.6（載於《葡萄園詩刊》185 期）

詩　誤

秋走進了我的詩裡
詩停留在我的夢中
美麗與哀愁
都在窗前招手
西風是吃人的心情
才奮力一飛
我就忘了自己
忘記了寫詩會痛的記憶

2009.10.15（載於《掌門詩學》58 期）

在風裡遺失了自己

絕不能再這樣繼續下去了
離自己愈來愈遠
任心情在風中枯萎
連蜜蜂也不想靠近
蝴蝶也望而遠之
其他的什麼
又怎能懂得我身上殘香的意義

昨天高雄的秋蟬
將愛河輕拂成一首纏綿的歌
陶醉讓思緒展翅飛翔
誤認這就是幸福的等號
卻在今天的台南
企圖擁抱早來的北風
被它深深地禁錮

生活是一張不透氣的網
想要呼吸卻是如此地艱難
每一雙眼睛就像牆壁上的吸盤
牢牢地箝制殘敗的自由

那如潮水的人影
就好比鞭撻在身上的痕跡
教人怎能不想起當自己的好

地球暖化將月亮也順便熔掉
找不到夜裡可以寄託的心情
只好任風擺佈
擺佈是一種無可奈何的美酒
貪飲一杯就剩下看不見的自己
明天春的跫音是否一樣早起
我不確然
北風依依

2009.11.1（載於《葡萄園詩刊》185 期）

女 孩

秋天的表情還在髮梢輕颺
妳嫣然的笑容已讓它逃亡
夢在眼波裡流轉有些蒼白
墜入湖心的思緒就要滅頂
何時妳才會走進我的情弦
唱著我為妳而譜的詠嘆調
別說這個世界太過於淒涼
我想將腦中的妳複製無限

2009.11.10（載於《掌門詩學》58 期）

思念是一陣風

風停了
你還沒有出現
向晚的緬梔
也沉默了

去年此刻
你的身影突然飄落
叫我一時不知所措
只好將等待的重量撐起

風又呢喃
樹猶在哉
人已孤獨

2009.11.10（載於《掌門詩學》58 期）

日之語

你是我心目中的驚嘆號
自從冬天來了以後
窗外的世界飄著嚴肅的滋味
只有冷漠在花間流連

這算不算宿命
停雲不知
放空的眼也不甚明瞭
但願黑夜告別時
可以在微暈的清晨
山巔迷濛的顏色中
看見你那挺拔的身影
倒映川上
天水共伴

哪怕只是一轉眼的夢境而已
期待美麗的句號出現

2009.11.24（載於《掌門詩學》58 期）

依舊是悄悄爬上心頭的北風

依舊是悄悄爬上心頭的北風
仍然是在窗外卸了妝的青春
敏感的心情打了一個噴嚏
將鬱結的思緒散成了世網
任誰走過都會留下他的夢
讓記憶的蜘蛛把它吞入
在千百年以後的故事裡
文字會有它的喜怒哀樂
段落存有它的起承轉合
唯獨情意被永遠禁錮
等待北風
悄悄來襲

2009.11.27（載於《掌門詩學》58 期）

高鐵清晨

5 點 36 分　保全的微笑，停格在玻璃門內
5 點 44 分　十二月的風，吹進了矇矓的眼
5 點 50 分　空蕩的大廳，讀著孤獨的心跳
6 點 02 分　甦醒的車站，熱情擁抱著靈魂
6 點 11 分　三明治早餐，引逗著激動的筆
6 點 15 分　世界起來了，落地窗演義人生
6 點 30 分　徜徉的月臺，緋紅的朝暾夢飛
6 點 45 分　向南方揮別，記憶從此刻收藏

2009.12.5（載於《葡萄園詩刊》185 期）

北風暫歇

越過午后的陽光
悄悄依偎在大樓的臉龐
爬累了的溫度計
靠在微涼的刻度上睡去

前些日子還披頭散髮的椰榕
今天梳理得錯落有致
經過身旁的愛情
都化成了眼眸裡的詩句
冬的殘影縹緲
天空是如此的英挺

十二月的寂寞這般地特別
感覺是那一朵朵尚未綻放的花
等候季風再起
將心裡的平平仄仄
飄送到那思念的世界

2009.12.8（載於《新文壇》季刊第 18 期）

詩想起

十三度的台南
有著一顆尚待沸騰的心

年輕的時候
北風吹不寒它的臉龐
夢想是堅固的堡壘
守著熾熱的溫度
受傷也是一種快樂

邁向微涼的中年
才被落葉撞了一下腰際
會痛的感覺
是被小孩撕下把玩的末張日曆
再也拼不成飄零的記憶

老字已經寫到一半
嬉戲的夜雨
趁機踩住了最後的青春
將時間抹去
離開時還留下漫天的狂笑

如今只能拿著凍僵的詩筆
挑逗半夢半醒的靈感
心情早已昇華為風了
又該往哪一個方向飛呢

2009.12.19（載於《新文壇》季刊第 18 期）

打擊樂

六根棒子跳著自己的舞步
渾然忘我的手指
也忘了臺下忘了時空的眼眸
盡情地揮灑創意
任憑外頭的野風使性
也要演出年獸為之陶醉
春天破繭的震撼
這就是一種幸福
擊響世界的痛快

2009.12.27（載於《掌門詩學》58 期）

原　我

正如我們的命運
在紅綠燈之間生滅
美麗的女人
也在微笑的鏡子中
被鎖定了自己的人生

百貨公司的廣告
在眼裡翻了一頁又是一頁
女人試穿的衣服
也一件又褪去了一件
門市小姐的嘴巴都吐出了蓮花
鏡子終於見識到了生命的謬誤
當花凋謝女人說聲謝謝以後

冷冷的天井
泰迪熊看著一群陌生人
又是捏著搓著拍著瞪著
那天文的數字
是誰製造了價值
讓平凡更加平凡

貧窮如影隨行

彎蜒的車道
扭曲的想法
迎面而來的燈光
讓心情看見了
是笑是哭還是沒有表情的
自己

2009.12.27（載於《紫丁香詩刊》第二期）

越　年

日曆愈來愈單薄
外頭的風強勢不減
昨夜的一場雨
來得不是時候
心情暫時封閉了窗口
只想和自己對話
好了結這一年的故事

今天穿著厚衣的新曆
笑看滿臉惺忪的世人
窗外的陽光
偷偷溜進我的心情
故事的開始是快樂的號角
再來的書寫
就讓歲月捉刀
穩穩的風豎在門前
唱著 2010 的主題歌

未來的日子
就像一幅抽象派的畫

遠也不懂而近更茫然
在流連徘徊之間
有的只是空間的解構
時間又無法記憶的窘境
孤獨佇立心頭
八方凜凜

2010.1.1（載於《紫丁香詩刊》第二期）

與命運過招

北風吹散了菩提樹的秀髮
也吹醒了我上半場的人生

童年在山中修練
一招半式尚未學成
便被逐出山林
走向茫茫的江湖

行走少年
起手式是藤條伺候
馬步是考試的千斤壓頂
回旋踢是分數的重擊
運氣收束身旁枯葉飄零

青年看不見世界
只覺日正當中背光裡
有些許的殘影邐邐
心中萬馬奔騰
留不住寂寞

壯年踽踽
總覺得夕陽美的可笑
翻醒了好幾回的記憶
依然有著褪色的悲哀
習慣一個人的街頭

還說不上老字
但它已在前頭招手
前途茫茫
北方的風潮
正唱著蕭颯的歌

2010.1.11（載於《紫丁香詩刊》第二期）

北　風

在那熟悉不過的旋律中
還有你的身影蕩漾
很難描寫你存在的意義
我只是想著如何留住
我對你一往情深的記憶

我相信沒有人像我這般地
對於你的存在如此著迷
是前生的緣定
還是今世的際遇
我拿捏不定
只想對你說
你的溫度是我這一生的心情

太陽已經綻開了詭譎的笑臉
親愛的你
是否會在流浪以後
暫歇你那微冷的雙手
輕拂我等待已久
卻不忍離去的背影

2010.1.14（載於《葡萄園詩刊》186 期）

滌

你想捕捉調皮的時間
置入那已破舊的行囊
這會讓東坡先生莞爾
你的傻
豐子愷不屑
你的愚癡

當夕陽失去自己的顏色
大海典藏了美麗與哀愁
浪濤吟哦
讚嘆的是造物的玄妙
遠處燈火闌珊
牽引著旅人的夢鄉

心情企圖掙脫枷鎖
卻失去了逃亡的方向
時間呀
莫在我的眼眸前晃蕩
我已臣服於你的身影
在偌大的紅塵中

2010.1.22（載於《葡萄園詩刊》186 期）

南韓冬旅

濛濛的太陽
掩不住雪的眼
在零下的世界中
有我溫暖的心情
站在這裡

是如刀的風
將亞熱帶的夢解剖成
雪嶽山的蒼拔
南怡島的浪漫
景福宮的懷想
青瓦台的雄邁
還有首爾塔的孤傲

會唱歌的語言
熙來攘往地在
明洞新村女人街上
歌詠新年的輕快與自在
那跳著探戈的人蔘
同亂打秀的節奏

沸騰了旅人的心耳

市場上那胖胖的梨子
身材壯碩卻豔麗的蘋果
長得甜美的草莓
以燦爛的笑臉
歡迎不識寒冬人們的到來

從來不曾想過
在如此皓皓的天地間
還有我的足跡烙印
我來了
而我也悄然離去

2010.2.18（載於《葡萄園詩刊》186 期）

夜 感

裸睡的月
恬靜地躺臥於鬆軟的夜床
幾世紀的纏綿
又是多少代的繾綣
讓元宵如此地夢縈魂牽

微冷的街燈
在不遠處窺視這般的世界
趕集的風
哪裡懂得迴避時間的枷鎖
只管嚷著自己的心情
卻飛不到縹緲的理想國

人來了而人又去了
夜將記憶紡成了今晚的夢
待月甦醒
將它書寫在生命的扉頁
好讓一代又一代的心靈
都能知道故事最後的序跋
是木棉花殞落時

藍天帶走了美麗
留下了過客瓣瓣的驚悟

2010.3.5（載於《葡萄園詩刊》186 期）

菜販的愛心

空心菜一斤六元
胡蘿蔔兩條十五
蔥蒜就隨意給了
茼蒿嘛買二送一
架上的蔬果新鮮
童叟無欺

一百萬
讓貧窮看到了希望
因為肚子再也不會怨恨
那漂亮的營養午餐
四百五十萬
興建可以飽嘗知識的圖書館
腦細胞終於得到了養分
她的愛心　無價
她的情意　雋永

誰說小人物做不了大事情
錢有腳　她把它留住
愛無私　她將它推廣

富比世記住了她的姓和名
故事雀躍了臺東的山與海
這美麗的臺灣人 —— 陳樹菊

2010.3.7（載於《掌門詩學》59期）

註：據亞洲富比世雜誌發表亞太慈善「英雄人物」調查，列舉亞太
　　地區四十八位善心人士。其中六十一歲的臺東菜販陳樹菊將賣
　　菜所得捐給仁愛國小，名列其中。

春天的美麗

木棉花依然在風中款擺
杜鵑堅持綻開自己的笑臉
不畏寒流的威脅
十五度的春天
還有我的心情
蕩漾

離萬紫千紅尚遠
含蓄的春天
總叫人在神秘中愛上了她的美
微風的纖手輕拂
江南何止鮮綠一遍又是一遍
不經意裡黃花已經盈盈天幕
櫻上枝頭蘭飛世界

捨不得美麗轉眼成空
凡夫振筆書寫
只為時間難留
我心罣礙
貪戀春天的美色
無悔

2010.3.13（載於《掌門詩學》59期）

幸福微波 ── 致愛妻

請將我們的幸福時時微波
讓我們的愛情溫度依然如昔
牽手中的愛人呀
這是繁複的日子裡
屬於我倆最簡單的約定

公園花季正是燦爛
湖光中有我們的倒影粼粼
企圖將妳的倩影留在我手上
那小小方塊的相機裡
當做鑽石般的愛戀
永遠收藏

春天的燕子回來了
在藍空中唱著愉悅的心情
無限的呢喃
不就是我們一直信守的誓約
為妳　我是那癡情的尾生
再大的水呀
都只是美妙的柔波

歲月釀的幸福
那甘甜的美麗
讓我們相守在春天的微波中

2010.3.21（載於《掌門詩學》59 期）

寫　詩

樹激動著
葉子也顫慄了起來
颯颯颯的聲音
教人不由得想起了
紀弦的狼嗥

北風正猖狂
企圖以低溫冷卻我的心情
不知道這樣的天氣適不適合
寫詩
詩是夢是幻是無厘頭的顫抖
抖下人間的七情六慾
和草莽的五湖四海之後
註定陪上一生的寂寞
被冷冷的空氣通緝

都已經是三月的尾巴
杜鵑謝了木棉早已飄飄
還有什麼故事尚未上演呢
只有詩吧

它也學會了
在寒風中狂笑的模樣

2010.3.25（載於《葡萄園詩刊》187 期）

蓮　想

一朵白蓮兀自開在水中
她正思想著什麼呢
紅蜻蜓不識趣地盤桓
只有風輕輕拂過她的秀臉
池漣綻成了夢的圓

欖仁樹依然在空中款擺
她羨慕雲的悠悠
卻茫然於高大的樹影
已經飛逝的木棉花
怎麼還在心頭蕩漾

山巒是靜的化身
喜歡他沉穩的個性
紋風不動地做著自己
松木了解竹林也懂得
他如何倒映在蓮的眼裡

世界都已收攏在她的花顏
想著美麗的保存期限

當它消失的那一刻
蜻蜓是否還會盤旋水上
尋覓那沉溺的花影

2010.3.26（載於《葡萄園詩刊》187 期）

變 心

三月總是善變
教人膽戰心驚
窗外季風呼呼
春天逃亡
讓稿紙遊走的感覺
渺渺

也許明天
寂寞的陽光
又將射向我心情
不確定的季節脾氣
磨練著我的等待
而等待是美麗的滋味
如風中的葉綠

不讓三月帶走我的心
只好自己也先變了心
在敲打門窗的風
停止狂奔之前

2010.3.27

不能說的祕密

旋轉又旋轉的風扇
你想和我說些什麼呢
畫圓不是你的本色嗎
還是不願意被鎖定在目前的時空中
想逃離被一眼看穿的模樣

那一年
你被確定屬於現在的位置之後
快樂也隨之不見
忙碌的生命依著溫度升高更加忙碌了
幾度為你抱屈
冷漠的世界聽不見我微弱的抗議聲
所以我選擇了與你同在的形式
把自己靜定在一個無人知曉的領域
當做是隱形哲學家和瘋子的角色
這只有你知道的

今天愚人節
我學會了自愚的方法
想像四月的風

可以將我倆帶去更遠的地方
做自己的英雄
別人無法明瞭的那一種逆勢存在

2010.4.1（載於《掌門詩學》第 60 期）

又見釵頭鳳

沈園一別，沒想到宋朝早已在世界上消失

成吉思汗愉快地把世界顛覆了幾次
朱洪武竟試著挑戰大臣屁股的傲骨
王陽明的學問終究不敵金瓶梅的煽情
那聰明的十全皇帝被和珅玩弄於股掌
孫中山呢？厲害，解決了專制的最後一口氣
老是俺來俺去的軍閥也讓老蔣給擺平了
不自量力的太陽旗選擇自焚於支那
當美麗的臺灣自東方昇起的時候
讓我再一次看到了你們鶼鰈的模樣
錯！錯！錯！加上難！難！難！的
春色黃昏

東風有罪，只因為何教人心碎
人情有惡，嫉妒是最好的代言
春天無罪，誰讓桃花自開自落
黃昏無惡，偏向夜語傾訴衷曲
莫！莫！莫！卻又瞞！瞞！瞞！
都幾世過去了淚痕還掛在牆上

想你的書信寫成了泛黃的記憶
禮教吃人親情唬人愛情迷人
十字路口的交警正為你們比劃著將來
紅綠燈是一種隱喻中的隱喻
手牽著手在號色叛逃時
捉住你們的幸福

看著你們寫給對方的詞句
在微暗的書房
五百年來為你們擔心的癡人說夢
不曾有所改變，也不願夢醒時
還有難堪的淚漬殘留枕上
天與地都難有相逢，亙古如此
但也相覷了無數年了
時間已不是時間的問題
那又是什麼羈絆了心情
絕不是週刊裡的八卦新聞
我想，該是報紙上言之鑿鑿的男歡女愛
一夜情之後落寞的悲哀裡
陸游和唐琬奢求卻是成空
無法繼續的愛情

2010.4.20（載於《紫丁香詩刊》第三期）

恫

紅綠燈都笑了
笑這一群都市的傻子
不懂顏色的特殊密碼
小心綠燈把你騙上了天堂
黃燈又將你推向了地獄
而紅燈冷冷地勾住了你的靈魂
讓十字路口成了年年紀念的地方

政客都笑了
笑這一堆無腦的呆子
明的說是為了國家的好
暗的是賺都賺不完的銀子
口號他喊得震天嘎響
叫他兌現卻如天上的白雲邈邈

孔子都笑了
笑這一掛信仰的瘋子
忠恕之道只有君子適用
小人早已豁免從春秋到民國
之乎也者不過是道德的語助詞

跳過了它們花花世界真的會開花
一朵朵憔悴無人理睬的野花

看不盡的紅綠燈
想不透的政客臉
猜不著的哲人腦
將我們溺斃於苦笑的世海裡

2010.5.1（載於《掌門詩學》第 60 期）

安平夕照

黃昏正歸航
遺落的夕照
在林默娘的臉龐微笑
那被城市禁錮許久的心靈
泅泳於海粼粼的波光裡

五月的風好柔
岸旁就要重出江湖的臺灣船
在淡藍的蒼穹下
輕吟古老的戰歌
漁翁將暮色垂釣
豈知勾起的安平故事
足以裝滿月亮的心情
讓悠悠的雲彩
懷念絕版的美麗

遠去的夢想
隨著漁船入港
回到了久違的理想國
不再憂慮金烏即將褪去華衣

告別了夕陽
把小鎮留在後視鏡上
讓記憶烙印在黃昏最後的身影
期待世界再一次的甦醒
好讓迷途的思緒
找到歸宿

2010.5.10（載於《葡萄園詩刊》187 期）

快　樂

快樂是一道五月的清風
從波濤洶湧的臉上飛過
在惆悵的心底飄落

快樂是一襲暖和的陽光
披在因情而微冷的身上
讓悲傷的腳步躊躇

快樂是一帖詩歌的心藥
使意象成為美麗的天籟
將文字的密碼鋪陳

快樂是口袋裡最後的記憶
掏空之前還留有踽踽的背影
在世界模糊的笑容裡

2010.5.11

塵事一瞥

太陽西傾之後
我的心情也隨著偏斜
無風無雨的日子
只有溫度在窗外撒野
南台灣的象徵
任誰都知道

教書二十載
空間新舊交疊
而時間卻任性地改變
將青春洗染成斑白
恰似老去的黑板
被歲月鑴刻出騍亮的星點
還有多少的心情可以揮霍
還有多少的記憶可以鋪陳

黃昏就要來臨
那園子裡的花呀
你是否可以綻開所謂的永遠
橘陽下被蒸騰的白雲
悠悠無語

2010.5.12（載於《掌門詩學》第 60 期）

詩 雨

夏天
撒了滿地的黃金雨
是為了尋夢
抑或是一圓屬於這個季節的記憶
有愛情的印記
還有忘不了的美麗
而讓眼眸暫時失憶

誰說美麗的故事
只是玫瑰的專利
是哪個迷戀緋紅的心靈
編造了如此赤色的謊言
倩黃應該是這個時節的本色吧
不然溫柔的雨瓣飄零
卻將那恬恬的永恆鋪陳
教人這般難忘

啊！我心裡正悠悠的詩雨
阿勃勒

2010.5.28（載於《葡萄園詩刊》187 期）

夜　悸

貪飲安平的夜色一杯
迷茫於無邊無際的濤聲中
輕風拂袖
卻帶不走這世界以外的醇愁
是等待的心情
還是你不曾為我停留的身影
教我這般地癡迷

2010.6.1（載於《紫丁香詩刊》第三期）

蟬　韻

蟬韻叫起了我的心浪
放下耳機和手上的筆
突然想起了好久不見的心情
在胸口徘徊

又是夏日赫赫的時節
阿勃勒那殞落的嬌黃
會讓林黛玉疼惜不捨
驪歌唱紅了鳳凰花
卻是樹上的你
將思緒鋪陳在時間的流光裡

應該在匆促的世界中
為自己留住一派的心情
如光的速度穿梭於虛實
這樣
當蟬鳴又起
那被挑逗的記憶
也能乘風破浪
再撩人的韻事
都幻化成過眼的雲煙

2010.6.4（載於《第 30 屆世界詩人大會 2010 世界詩選》）

禪

蟬浪又襲擊了我的心
在無風無雨的夏午
情懷被沖上了岸
眼眸才明瞭四面八方的蟬歌
是這般真實的存在
我欲乘蓮悠遊於大千
怎奈
世界早已在潮來潮往之中
解構了自己

2010.6.7

想　夏

蜩浪襲夏
叫人心情怒放如此
再痛的記憶
都被推向了遠方的地平線
還有什麼故事尚未傳唱
藉這般的長調留下一季的情懷

寂寞就要向晚
獨留一襲飄飄的空境無語
被蟬聲淹沒的紅塵
回到了原初的洪荒
只有夏的滋味還在胸口迴盪
從前寫給你的那一首詩
此刻已譜成了永恆的情歌
在失溫的世界裡
唱了又唱

當阿勃勒的夢鈴搖起
暫時失語的蜩螗
沉浸在加倍的美麗之中
將那幸福鐫刻成無限

2010.6.12（載於《紫丁香詩刊》第三期）

雨中憶詩嶽

窗外的雨就這樣下著
海鷗斂翼消失在茫茫的雲水中
簾幕捲起
教人如何不想那蒼勁的背影
在山的懷裡

再一次緊握您送的隸字
彷彿是久別深情的擁抱
而我忍不住在心上啜泣
就像這一場突來的夏雨
企圖將思念的火傘澆熄
卻被那感懷的溫度蒸騰

猶記電話中的您
聲音是這般地堅毅
對晚輩的關心是親切
給年輕的心如山的依靠
忘不了您那凜凜的詩人風骨
當雷再響起雨又狂囂
我知道您在我的身旁

不曾遠離

2010.6.25（載於《葡萄園詩刊》187 期）

註：秦嶽前輩曾於子青詩集出版時贈予書法一幅，內容是「兒子與
　　我」是詩集中的一首。又《海鷗》停刊之前，前輩親自來電說
　　明並堅持退費，我欲將費用轉贈給他購買補品養生，前輩堅
　　拒，這是最後一次聽到的詩人清音。

原住民會館與幸福邂逅

娜路灣的歌聲將夜色唱得好亮
一向溫婉的安平小鎮
在心裡也激起了陣陣騷動

卑南少女款擺著美麗
山地勇士以狩獵的氣魄
追逐他的夢中情人
在婆娑的圓舞裡
圍繞著一種莫名的幸福
旋轉再旋轉
它的奔放
直達天上的祖靈
以及人群羨慕的眼神

晚歸的白雲悠悠
卻因陸上的舞影而駐足
匆忙的心靈
被加速的離心力篩落了
現實的渣滓
歌者將山情喚回睽違的心扉

舞者把水意溯及生命的桃源
今夕是何夕
這記憶該如何書寫

港邊的風突然激動了起來
掠過舞者青春洋溢的臉龐
雲已歸巢而人跡亦杳
偌大的圖騰上
彷彿還有流連的笑語呢喃
那不曾離去的青鳥

2010.7.3（載於《新文壇》季刊第 20 期）

心情速寫

向左是台北
往右是高雄
中間來來去去的列車
不就是將心情牽繫的鋼索

這一個島嶼
偶爾親切像那熱騰騰的番薯
卻在不經意回眸時

變成了殺氣凜凜的匕首

那個名叫政治的東西
總是讓人看不清真相的面目
就如同此刻無風的月臺
有著一種等待的詭譎

整理了心情眺望遠方
鳥在歌樹在笑行雲正舞著
旅人微微感動
用記憶典藏易逝的情緒
看那東邊的陽光

以無動之動的形式
趕到了西方的天際
熱情不減只是緊擁微冷的離愁
咖啡正飄香
擴音器溫柔地叫醒了我的
旅途

2010.7.10（載於《新文壇季刊》21 期）

雷陣雨

整個城市在槍林彈雨中活著
此起彼落的爆炸聲
預言這一個迷糊的世界就要崩解
無語的日光燈是我的殘夢
在嗆辣的太陽保持沉默的午後

不知何時
心情竟成了夏天的難民
顛沛流離於茫茫的江湖
突然期待一朵花出現窗前
詭譎的浪漫太過於招搖
又是一聲長嘷的襲擊
美麗的感覺失去了方向
我也失去了自己

風聲雨聲雷擊聲
聲聲教人學會了苦難的想像
七月的脾氣不好捉摸
任它去吧
我依然是我
心無震懾以後

2010.7.17

疑中移

一杯無糖的咖啡
能夠喚醒多少的夢
為什麼吊扇離不開天花板
當它的美麗開始剝落
星兒呀
你何苦依戀茫茫的夜色

半遮臉的窗子
究竟看懂了多少的世界
老是搖頭的大王椰啊
季風的戲弄
你怎麼不發威呢
太陽甘心自焚於天空
卻對帶雨的雲無可奈何

是誰將自己困在眼眸裡
讓心情好睏好睏
不想飛的思緒
偏偏舞動了翅膀
只為尋覓那變形的問號

2010.7.21

桐情客懷

還有什麼樣的美麗
比得上那聖潔飄逸於空中
捉得住我的心情和熙來攘往的眼神

還有什麼樣的靈動
比得上堅持做客家人的幸福
讓旅人與遊子這般地追尋和懷念
將腳步輕放深怕踩碎妳的風骨

還有什麼樣的精神
比得上桐花與 hakka 的本色
四季流轉從不改色
這是祖先遺傳子孫發揚的寶
在花漾的璀璨裡也在我的心坎裡

這一年的記憶被歲月停格
忘不了的花影與寫在桐樹下的情懷
早已典藏在我的生命裡
想起旅人的驚嘆久久
我俯仰天地想起血液裡的叮嚀
當一個客家人 —— 真好

2010.7.24

水中蓮

水中蓮妳兀自想些什麼
紅蜻蜓引逗著妳
停了偏偏又要飛走
別了卻是這般地牽掛
放不下的是妳的身影
還是那容易消失的美麗

魚游池中
把這裡當成了茫茫的江湖
悠悠蕩蕩如漣上的白蓮
風起來了就逐流隨波
歇息了而我依然是我
雨呢
就任它唱著自己的歌吧

楊柳款擺哪懂得魚蓮的情事
為的只是愜意的彩蝶鼓翼
坐擁天地由牠賞析詮釋
當美麗離去
世界不再青春

水中的蓮呀
留不住的蝶夢
從此只能獨與秋水徘徊

　　2010.7.27（載於《秋水詩刊》149 期）

雨　鎖

雨就這樣哭掉了大半個城市
心情從此忘卻了太陽的美麗

不知道為了什麼緣故
竟愛上了雨鎖江湖的茫茫
世界在雨中佇立
而我企圖尋覓一種詮釋
只因為午後這一場
不在計畫之中的夏雨

別問我是否喜歡行吟於江湖
請問雨吧
為何下得如此地自在
而我們只能任由它盡情地封錮
將最好的事物暫且收藏
無牽也無掛

彩虹何時會出現
這也不在今天的故事裡
就是愛上了讓我忘卻俗事的雨

請鎖住我吧
想哭想笑想大聲地吶喊
都已是非選擇題了
雨就是這樣地下著

2010.8.5

窗　望

那樓再高大
也難逃這玻璃的框框
鳥任牠如何飛翔
也無法離開我的視線
生命短暫就好像那斷了線的風箏
越飛越渺茫
它卻可以在藍天中
自由書寫著屬於自己的夢想
將不及的永恆鐫刻於有限的記憶
詩人懂得
歸巢的風也知道
這窗外的祕密

2010.8.29（載於《掌門詩學》61 期）

風　情

星期四的風
在我的腦海裡洶湧
失去太陽的心情
說起往事
卻是這般地漫長

拉著季節尾巴
不肯離去的阿勃勒
自個兒響著淒涼的調子
不想問問這世界的感受
只是刻意地將秋天引來
讓一切在風起時完全改變

頃刻間
剩下變調的節奏了
這最後的一首曲子
該如何續響
就交給風決定吧
歲月會記憶著飄零的美麗

2010.9.2（載於《掌門詩學》61 期）

釋　懷

別鬧了，雨呀！
心情還在路中徘徊
你又何苦爬上了我的臉
讓眼眶圍不住洪峰
卻渥漉了孤單的身影

秋天網羅了世界
回憶只是風的俘虜
凋零成了習慣性的儀式
葉的顫抖又是為了那椿
永恆不過是美麗的餌罷了

雨啊！別鬧了
花都為了季節不惜犧牲
還有什麼淹不去的聲音
在流連在夢迴時
將心情喚回
讓一切在你的懷裡隨緣

2010.9.11（載於《掌門詩學》61 期）

秋　颱

囂張的風雨
拍打著我的夢窗
那美麗的秋月
只好收起她的嬌媚
暫時隱身於人們假想的月餅中
安撫那失去白天與黑夜的心情

凡那比颱風果真是不平凡
直穿我心愛的臺灣
中央山脈難擋它的氣勢
謙虛從來都不是這類天候的個性
就任它吼吧打吧
甚至吹走一切的煩惱
這善變的世界

今晚應該是不平靜的夜了
外頭花木的顫抖聲
聲聲教人驚訝
造物創造的大合唱
既狂野又戲謔

讓感覺跳脫了現實
在一種特別的空靈中
讓人忘了自己
與自己的美夢

2010.9.19（載於《葡萄園詩刊》188 期）

週日驚魂

昨夜還平靜的心情
如今被狂野的凡那比洗劫一空
它不是江洋大盜
卻讓大水淹沒了世界
模糊的白晝
令人惘然

風比平常更猖獗了
不斷地敲打門窗
像極了東廠的錦衣衛
使人喪膽的警備總部
急急如律令的叫囂

風雨提供了漫長的想像
似乎忘了星期天該有的美麗
被禁錮的形影
只能在半夢半醒之間
尋找快樂的蹤跡

明天將會是什麼模樣呢

還來不及翻頁的故事
茫然於結局還未寫成的問號

2010.9.19（載於《葡萄園詩刊》188 期）

註：「凡那比」是今年的秋颱。

夢 迴

翻山越嶺來到了海峽
你的流連讓夜如此激醒
明天，又是如何模樣
我心裡想像的是雄姿英發的你
果真是秋颱的楷模
教人纏綿卻讓人無法入眠

此刻，三點零三分
尚未演完的夢
被快不支倒地窗牆的呻吟聲
喚起
冷冷空蕩的屋子
還有心情幾許

問你何時告別這裡
只見燈眨了一下眼
笑我的癡想
夢再也回不到故事中了
就任它去吧

2010.9.20（載於《葡萄園詩刊》188 期）

謎 底

一夜的肆虐
答案終於揭曉
南臺灣泅泳於惡水當中
虱目魚被解放於道路
休旅車在滅頂的邊緣求救
人們也領悟了登高的智慧
水是生活的情人
愛得太多總是氾濫難免

窗戶張開了眼
才知道商家的招牌
趁著哭泣的夜色
匍匐於自己的腳下
還好只是離家百尺
各式各樣的火鍋姓名
依然醒目

雨就這樣地踟躕
心情也這般地流連
明知今天以後又是一個問號

而答案呢
是不是那書寫不盡的
悲歡離合

2010.9.20（載於《葡萄園詩刊》188 期）

爲建國百年喝采

一百年就像那雄健的一陣風
拂過了歷史的雙眼
讓滄桑不能逼視它的速度
卻這般堅毅地存在於時間的懷裡

敬愛的中山先生
為了民族的存亡
他創建了中華民國
為了人權的保障
他確立了民主自由
為了子孫的幸福
他擘劃了經濟富足
讓我們挺起胸膛
在世界的舞台

推翻腐敗建立新邦
軍閥割據北伐統一
抗戰勝利不畏強權
挺立東海堅守民主
前人的努力是我們的驕傲

青天白日永照璀璨的民國

我深愛的國家
是希望的燈塔
因為有您觀照四方
所以人民勇敢向前
一百年證明了烈士的智慧
一百年開展了歷史的視野
為您喝采
直到永遠

2010.10.2（載於《葡萄園詩刊》188 期）

喜歡仰式的金魚

無論是夜裡冥冥還是白晝晃晃
你總是以自己喜歡的方式展示著自己
不願意和同類相似
所以選擇了仰式來看待這僵化的世界
其他的水族總是營營汲汲
必須以自由式游出自己的不自由
而你
一尾頭頂有著猶如鳳首的金魚兒
卻以仰式舉起了自己的天空
反看真理

悠悠地將風景擁抱在懷裡
這樣的感覺極其美好
是河川流過了胸膛的暢快
是翠林倒映眼眸的自得
於是你的臉頰貼近那冷冷的玻璃
在水中輕唔
哪兒才是我的家我的世界
同伴的嘻笑讓水聲淒涼更深
關燈以後想些什麼呢

窗外的雨叩問著
你的心情

是否你曾經想回到那顛倒的世界
哪怕會受傷會流淚會有不得已的難過
這也許就是所謂的宿命
我為你這樣地想著
卻不知為何心裡頭無法平靜
做一尾會作夢的魚
做一個會夢魚的人
我們的命運卻是這般地相似
我們是同類
在水族缸裡在窗外的雨聲中

　　　2010.10.8

吃柚子的三種心情

之一

是一座被秋風吹熄的火山
只見它凜凜不動地與我相覷
心裡開始想像
它出現在我眼眸之前的故事
應該是小孩依偎著母親的那個樣子
用蒂將恩液緊緊地吸吮
它滋長在月光的眷顧下
夜夜唱著會讓嫦娥勾起回憶的歌
歌聲裡有情人難捨的夢
還有李商隱久久不已的嘆息
子時的鐘擺哂著我的癡迷
山懷裡有聲窸窸窣窣

之二

為了滿足自己的好奇心
磨刀霍霍挺有秩序地在你的臉上
留下作案的證據
還盤算著東南西北的方位
從何下手卻困擾著邏輯的思緒

找不到第一剝的穴位
五行陰陽調和不調和
這又難倒了緊掐青龍白虎的手
折騰了一番
零時的叫聲叫出了你的淚
整齊的淚珠如仕女的秀篦
教人嗅之不捨吻又太過
唉！這理不透的滋味

之三

你已在我的心裡
成了另一個我了
我該如何讓你入睡
這讓我失眠了一整夜
夜不曾如此漫長度過
有你的夜
使得我與我自己徹夜地辯論
為何狠心地將失憶的火山吞併
不讓仕女鍾愛的髮篦完好如初
狼藉的果皿上還殘留著珠淚幾許
是你刻意留下
在天明時讓我們對質
卻又是那麼無言的絕美

2010.10.9

秋 心

秋風吹起了悠悠的心情
裡頭有著你踏過的足跡
還有我已然滄桑的夢境

是否殞落的飛葉
曾經收藏了我的心事
不然怎會憔悴如此
落得這最後的依戀
也消失無蹤
任由寒雪淹沒了殘缺的記憶

早熟的楓漲紅了臉
是羞赧還是憤懑
對於時間的無情
你可有千萬般的感覺
按捺心頭
我佇立窗前想著

心情又一次被秋天典藏
當春天來時

解封的第一道陽光會知道
知道我是如何地想你念你
還有那一直說不出口的愛你

2010.10.10（載於《新文壇季刊》21 期）

誰謀殺了快樂

你說白天被書山撞到了腰
晚上幾乎滅頂於書海
如果書山是你無法宣告放棄的命格
那不得不在它懷裡泅泳的書海
就是你此時唯一的運勢
在命運的擺盪之中
想像力被迫它的逃亡
快樂讓利刃一刀一刀地凌遲
就剩下沒有皮肉的頭顱了
卻被供在斷頭臺上
鍘了

是誰謀殺了你的快樂
教育專家的創意是那一條索
捆你上臺再拖你下臺
老師不知不覺成了劊子手
帶著笑臉揮著快刀
讓痛苦血染了快樂
刀刀見骨也刃刃噬血
在刀影幢幢之間

血已成河　淚也乾涸

靈魂回首
人生只有認分的心情
求時間讓它解脫
將快樂超渡可以輪迴
再重逢世界的青山綠水

2010.10.13

在星巴克遇見自己

窗外的樹靜得像一幅畫
讓起伏的心情有了歸宿

風也不知道跑去哪兒了
突然好想陪它遊戲人間

這個城市的牆越築越高
遠眺漸漸變成一種奢望

咖啡裡暗藏迷離的世界
是曾經熟悉又嚮往的夢

此刻只能隨著音樂回味
所有的想法都有著自己
那遺失了好些日子的我

感動的筆在稿紙上游走
為了飲盡星巴克的幸福
讓下一站的人生走回來

2010.11.1

夢　秋

一切就像窗外的雨
叫冬天甦醒
卻讓人雙眼迷離

無由地耽戀秋意
當所有的心情早已冬眠
寂寞的顏色
總在楓夢裡燦爛

季節被時間枷鎖
記憶讓生命控制
秋水裡有我
我也在雨中尋秋
是一種宿情嗎
窗前那淌流不止的淚
可是我剪不斷的思念

2010.11.7

十一月的心情

歲末的雨為何讀來
卻是這般地迷離淒涼
窗外總是叫人冀望
想你的背影忽現
也回憶著春天的美麗

你依然是我故事中的主角
是否
我還是你心目裡的英雄呢
這一年就在日月的凝視下
世界有了意外的改變
心情早已逃亡
而風雨卻仍舊不停地飄來
蘇東坡能夠定住他的風波
我呢
只能在雨中留住模糊的你

都已經十一月了
我們還能向歲月傾訴些什麼
彼此的依偎與思念

是送給自己最好的禮物吧
在冷冷的雨中

2010.11.18

選前夜

思想的風突然迷途
在黃燈眨眼
候選人高喊搶救選票
槍聲悄悄劃破黑夜之際

民主政治一夕成了漂流木
載浮載乘看似自由的行者
卻被隱藏的暗礁處處包圍
何時滅頂
孰難預料

昨晚的世界濺了血
一死一傷
今天選舉太陽正紅
行道樹依然微笑
而我的心情
卻噗通噗通地叫著

倒飲這杯冬天的可樂
迷途的思想

冷不防地顫抖又顫抖
撲簌簌的風再次旋起
只是方向已經杳然

　　　2010.11.27

註：11 月 26 日五都市長、議員、里長選舉前夕，台北永和發生歹
　　徒近距離槍殺演講者與民眾的事件。真是民主濺血之夜！

悅　冬

晨曦在眼眸裡微笑
冬的腳步暫歇
傾聽鳥語自在
有情的天地美滿如此

政治的雲霄漸散
世界紛沓不再
當選舉都成了昨天的故事
我們終於發現
寧靜是永遠的勝利

這樣的季節不適合作夢
就睜開雙眼吧
再大的暴風雪
它的心跳
都會是春的呢喃

2010.12.1（載於《葡萄園詩刊》189 期）

讓冬天去流浪

菩提樹突然狂譟
天空微顫
變調的好景
猶如此刻殞落的殘葉
在風中流浪
成了不知名的天涯過客

世界陌生地望著我
讓心情慌張了起來
擔憂思緒被放逐於時空之外
又害怕感覺迷途於方寸之內
冷冷的背後晨曦歌唱
抬頭但見雲霓趕過
卻不聞熟悉的跫音出現

偌大的宇宙可有心情的家
菩提樹悟道所以大聲醒世
還在路口徘徊的我呢
只好讓冬天去流浪
僅僅留住那隱微的春意

2010.12.8（載於《葡萄園詩刊》189 期）

遇見晨冬

冷冷的晨冬暖暖的情懷
在心的方向上
我看到了世界的純潔
還有你那飄逸的美麗
悠然於季節的擁抱裡

秋天不告而別之後
以為這人間再也不見詩意
幾度窗前回眸
又是幾番園中尋覓又是尋覓
總叫人淒涼不已

風貼近滄桑的臉龐耳語
起始不懂它的方言
之後才恍然大悟
這是一首有悲有喜有空無的偈詩
在陽光的微笑裡

入門前轉身向你
時空頓時停格

篩落了寒氣一襲
我輕輕地在心園中
笑拈一朵歲月的花

2010.12.9（載於《秋水詩刊》148 期）

惹

風停了
冬抖落雪的影子
孤獨佇立
夜宿醉未醒

2010.12.10

在眼眸裡寫詩

雲淡風輕是今晨的本色
遠處的那隻鷺鷥
也懂得週末的情趣
在沒有繁華的郊外
飛翔著自己的姿勢

旅人隔著窗
擁抱那微藍的天空
行囊裡只有數不盡的想像
想像讓沉重的世界飛翔
一如再次於眼眸擺渡的那隻鳥

高鐵廣播員的美妙回聲
驚醒了現實的心情
將要離開台南
眼湖裡的白帆
慢慢靠岸

2010.12.11（載於《新文壇》季刊第 22 期）

歸　零

好冷！這就是冬天的姓名
溫度計上被凌遲的數字
記錄了你的存在
而我
被你包裹的身體
堅如巨石

聽說今晚你將披著斗篷而來
還是純白的那一種
玉山突然蒼老
而我
清楚的腦袋裡
竟是血紅的桃花飄飛

你都在窗外呼喚了
那夢中的春風應該不遠了吧
這個季節的筆名
是否該叫做美麗的顫抖呢

2010.12.18

是誰盜走了我的夢

到底是誰盜走了我的夢
是老鼠是日曆還是月光的微笑

青春已化成了一縷輕煙
消失於茫茫的紅塵
壯年的身影在匆忙的腳步聲中滋長
是誰讓夢想變成了填不平的額痕
是超快速的影印機
是讓心耽溺的網路
是流行的手機汽車
還是那欺人的愛情

曾經想像成為可愛的小王子
卻不小心讓那玫瑰花瓣殞落
也冀望成為吉普賽人的信徒
卻永遠走不出這城市的寂寞
冬天以雪的姿態霸凌斷腸客
還有多少的機會春風裡藏夢

聖誕節的清晨微冷

昨夜老人看錯了門牌號碼
只有狗吠聲企圖攻佔夢城
我雄立城垛
保護那殘餘的夢種子
無奈
學生的作文卻讓它逃亡
夢的世界開始飄雪
大陸冷氣團狂笑著
歲末的心情急凍

是誰盜走了我的夢
在這樣的季節裡

2010.12.25〈載於《詠絮》第 20 期〉

錢　關

錢是多重性格的
有人太多把你撒如冥紙
你是令人悲傷的隱喻
有人與你保持距離
因為你是高山仰止的聖人
有人抱你太過於熱烈
所以燒得遍體鱗傷
有人貪念你那誘人的美色
所以在慾海中載沉載浮

錢啊
美麗如你
醜惡如你
讓人傷心如你
讓人忘我如你
你是千面人
你是萬人迷
你是貧窮的偶像
你是富貴的桂冠
你是一場沒有劇本的夢

每個人都想成為你夢裡的主角
卻都成了太陽底下迷失的靈魂

陳光標是善人
把慈悲以高調的頻率散播
驚動了謙和的臺灣人
引發貧富的另類戰爭
原來社會主義強悍性格
在金錢上也揮灑地如此透徹
資本主義啊
你的英雄姿態可要收斂了

錢終究還是把我們禁錮在那狹隘的關口
只有少數人走得過去
成了標兄銘哥謀叔
其他的人呢
連小弟也混不上
只好習慣於關口前嚷嚷
等待幾多年以後
會有奇蹟的樂透
在縹緲的江湖中出現

2011.1.31

註：陳光標大陸首善團人士，高調來臺行善發錢，引起各界強烈討
　　論。銘哥言指郭臺銘，謀叔意謂張忠謀。

更　年

冷冷的二月天
就像未曾傾訴的你
總是讓我苦苦地等待
而你
卻在一年又去生肖新登的時候
讓我的心情惆悵如此

總是要問
你為何臉龐這般地嚴峻
總是要想
你怎麼感覺這樣地陌生
總是不斷地盼望
你將回眸認真地看見我的模樣
而你
總是在寒風颯颯中悄悄離去
留下我一身褪不去的思念

二月天，好冷！
我們又在此分手
那望不盡的天空
迷惘

2011.2.11（載於《葡萄園詩刊》190 期）

佛　緣

踏出便利商店的大門
遇見了一尊佛
祂在淒風苦雨的路口靜默
等待結緣的人
車去人往祂的缽依然如磬
只有細雨飄落
它懂得佛的喟嘆

有人走到祂的身邊
讓國父帶著微笑蹲進缽內
佛於是雙手合十
看見了紅塵男子滿臉的滄桑
祂也笑了
笑著進入他的眼底
轉身
寒雨暫歇
梵風唱著悠然

世俗消失在路口
佛與男子同行
在亮晃晃的超商窗前
　　　2011.2.14（載於《葡萄園詩刊》190 期）

春　回

濛濛的晨曦
悠悠的心情
眺望如夢的煙雲
還有些許過去對你的依戀
深藏

青草茵茵
嬌燕呢喃又起
幾度遲疑　幾度相思
應該是你歸來的跫音
喚醒了我沉睡已久的感動

冷冷的世界將要揮別
你依然如昔翩躚而來
憑欄只是為了等待
等待是我一生中
最永恆的美麗

2011.2.25（載於《葡萄園詩刊》190 期）

心　語

心情下著微雨
冬天的依戀
讓春意徘徊
是不是應該停止過去的記憶
讓世界自由地表現自己
還是將眷戀繫在心頭
時時掛念
這習慣拔河的季節
教人奈何

風鈴花穿著一襲黃衫
來到了相約的地方
雖然遲遲的出現
終究還是重逢
重逢是為了圓夢
繼續春天的故事
也許短暫卻讓人愛它
愛它轉瞬間消失的傳奇

明晨一定早起

在半夢半醒的路上探望妳
是文字難以描繪的享受
我想將自己寄託在妳的容顏
哪怕寒氣逼人
堅定是對妳不變的諾言

2011.2.28（載於《葡萄園詩刊》190 期）

季節流浪

還寒的春天有些詭異
說不上來的心情
在風鈴木激醒的時刻
令人惆悵

風帶著晨曦飛翔
為何昨夜的殘夢不去
偏偏想望的事情總是甜蜜
讓人難以自拔
這美麗的陷阱

看來初荷就要綻放
你怎麼頭也不回的流浪

2011.3.3

花　逝

滿地黃花憔悴
只怪這個春天來得匆促
一條路似乎走也走不到盡頭
看見你的繁華
也目睹了你的滄桑
我不是斷腸人
黃昏卻笑看著我
企圖以傻瓜相機留住
那飄飛天涯的倩影
這是無法忘懷的宿命
還是另一個
美麗的錯誤

2011.3.6

世　悸

三月的天空面無表情
日本地震海嘯核電廠爆炸
幕幕驚悚上演
就像電影導演的手法
令人信疑參半

黃金的時間褪色
老人與小孩被救
感謝老天尚有慈悲
然而風雪驟降輻射塵近逼
今日都不能把握明天的呼吸還在
未來就留給未來打算

生命只是虹彩抹過天際一般
徒存美麗於夜晚
已碎的心情濕漉漉的靈魂
何處可為依歸
爹娘何在兄弟何在姊妹何在
我的愛人何在

太陽悄悄爬上了山巔
沒有輝煌的溫度
但見風乾的淚痕垂掛
幽幽海水凜凜野風
掬一方北飛的雲呀
將深深的祝禱寄予
遠處苦難的朋友

　　　2011.3.18

註：3 月 11 日鄰國日本發生芮氏 9.0 的大地震。傷亡無數、城毀屋
　　滅、廠爆人危，令人至慟！

太陽站起來

剎那之間
你隱沒於海嘯築成的那一道牆
船被迫爬上了岸
房屋何時也長了腳
在茫茫的惡水裡競足
嫵媚的城鎮變成了龍鍾的老臉
垮下來的皺紋之間
究竟還有多少微弱的聲音
呼喚

天行健君子以自強不息
地凍天寒卻無法將你的紀律熄滅
這是你的堅持
哪怕沒水沒電缺糧還缺未來
只要溫度還在
就有力量與希望再次挺起
這也是你的堅持

地震暈眩了世界卻不能讓你失色
核爆嚇醒了人們對文明的記憶

而你清楚地看見了歷史上演
無懼才是你的本色
不管重建的路多麼遙遠
你永遠站在勇氣的巔峰
照耀每一個生命的前程

就要站起來了
那意外跌倒的太陽
明朝你的笑容
你那令人嚮往的燦爛
將因相信希望而綻放光明

　　　　　2011.3.20（載於《葡萄園詩刊》190 期）

註：2011 年 3 月 11 日，芮氏 9.0 的超級強震撼動鄰國日本，海嘯
　　肆虐，福島核電廠連環爆炸，一時人亡物毀。驚聞消息，為之
　　悲慟！

又見春陽 ── 爲日本震災而作

就像窗前的木棉花
殞落在春天
雖然凋謝卻那麼勇敢地
靜躺於肆虐的風中

海嘯已經遠遁
地震暫也邈邈
核電廠的塵埃
在天空漫遊
企圖網羅人間一切
但它豈知愛的力量
會將它消滅

人的無助
最怕沒了太陽
海嘯的猙獰會清醒
地牛的躁動會平靜
輻射也會遠離世界
倘若見不到陽光
希望就會在生命中缺席

明天以後
誰也説不定故事的結局
但是
那堅定的太陽呀
越過了山頭
我們就看見了它的笑臉

2011.3.28